れでおしまい

篠田桃紅

講談社

これでおしまい

まえがき

人生というのは、長く生きてきたけれど、何もわかりませんよ。こうしてただ生きてきたんだと思うだけで。でもそれでいいと思う。この百余年ばかりこの世に生きて、この宇宙、人生、そういうものをわかろうなんて思ったって、そりゃあ無理です。

でも人間には記憶力というものがあるから、昔こういうことがあったなと思い出したりする。人生には、これから訪れるかもしれない希望、現実、過ぎた思い出というのがある。希望どおりにいかないのが現実。だけど、思い出は悲しかったことでも、楽しかったことでも、思い出があるということがとてもいいことだなと思いますね。あのときはああいうことで楽しかったなあとか、思い出に残ることがあると、いい人生だったと思える。何かをするときも、後々、印象として残るようにやりたいと思うようになって、人生への心意が生まれてくる。
時間というものをいい思い出になるように持てたら、人間はいいなと思いますね。

篠田桃紅

これでおしまい

目次

人生篇

「人生篇」は篠田桃紅氏にインタビューをして編集部でまとめたものです。

アーカイブ写真　篠田桃紅所蔵アルバムより
（協力 公益財団法人岐阜現代美術財団）
構成・文　佐藤美和子
ブックデザイン　鈴木成一デザイン室

ことば篇　一

みんな誰だってひとり

人は結局孤独。一人。
人にわかってもらおうなんて甘えん坊はダメ。
誰もわかりっこない。

人生は最初からおしまいまで孤独ですよ。一人で生まれ、一人で生き、一人で死ぬんです。誰も一緒にはやってくれません。

仲良く手を繋《つな》いでいても、中身は孤独なんです。夫婦だって、親子だって、みんなそうよ。後になって孤独だってことがわかる。

人生というのは究極に孤独なんですね。誰もその人というものをそっくり受け止めることはできない。夫婦も無理、親子も無理、友達も無理。みんなその一部を共有したということでしょうね。

自分を好いてくれる人を悲しませたくない。
自分を愛してくれた人に気の毒。
だから生きているのよ、　ほんのすこしの人たちのために。

人間にはいろんな繋がりかたがあります。どれが真実で、どれが嘘なんて言えない。みんな真実。憎み合ったのも真実。頼み合ったのも真実。携え合ったのも真実。でも究極は一人です。最後は一人。

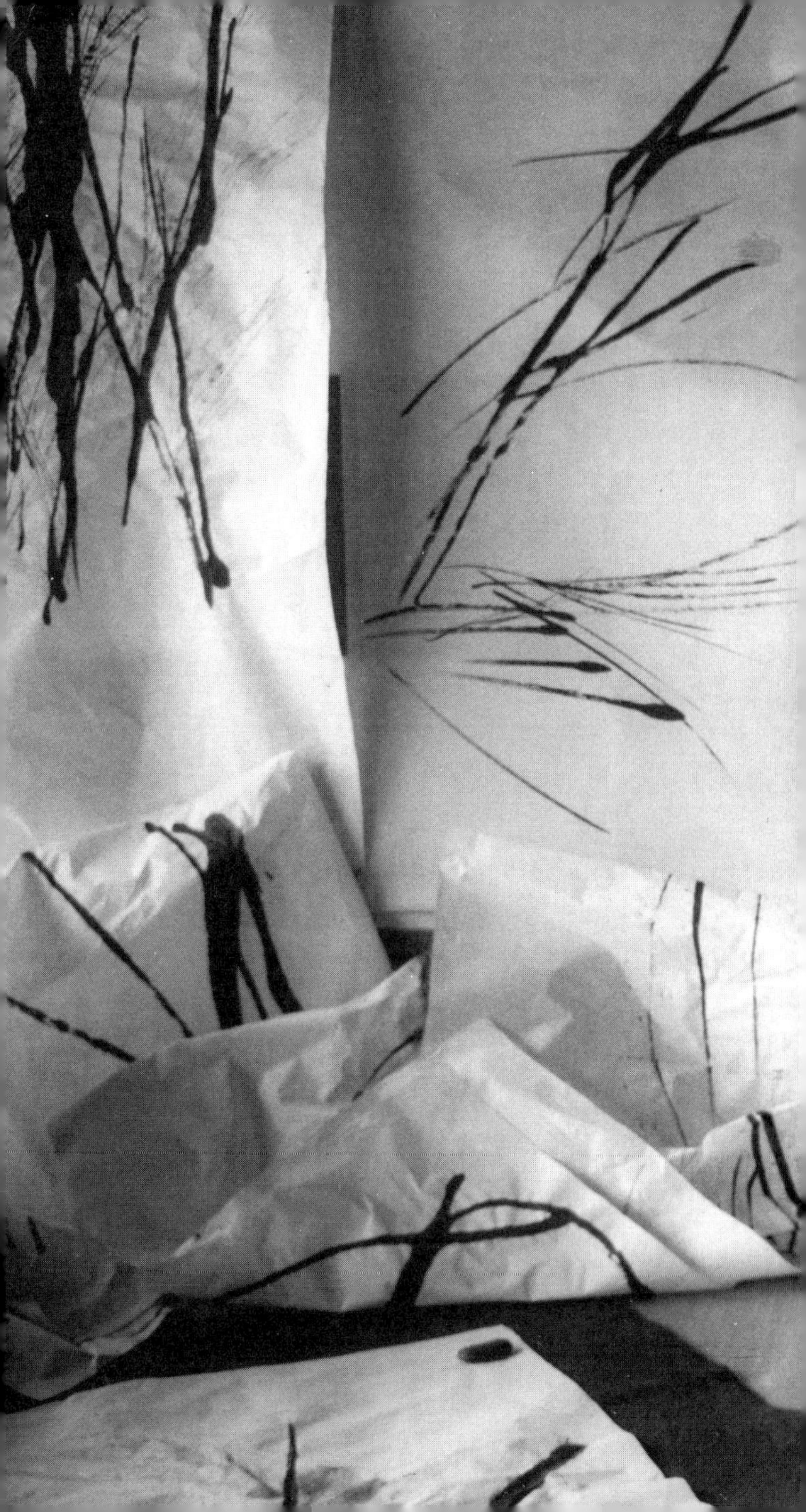

だいたい人間が孤独だなんて思うのは生意気ですよ。あたり前のことです。自分だけが取り残されちゃったとか、私を理解してくれないとか、そんなことを思うだけ甘えていますよ。

孤独でない人なんていないないでしょ。誰一人いないでしょ。みんな一人ですよ。

一人で生まれて一人で死ぬんだもの。はっきりわかっているのに、「私は孤独」と言うのがおかしい。当然すぎるほど当然。孤独に向き合っていないわね。怖くて孤独に向き合えないのよ。

「人」という字は支え合って始めて人になる。そう説明しますけど、文字の成り立ちを見れば、一人（亻）です。一人で立っているんです。手を前に出して、人と関わろうとしている姿です。

いつも誰々さんと一緒。何もかもみんなでやる。独立心を持たない。甘えたような考えがとってもはびこっているのね。

人生篇　一

大正——少女時代の思い出

篠田桃紅が六歳の頃の家族写真（桃紅は右から三番目）。他界した長姉・清子と誕生前の四女・秀子はここにはいない。

ちょっとハイカラな大連の暮らし

生家は旧満州・大連にある赤煉瓦造りの三階建て。英国の建築家ジョサイア・コンドルが設計した、元ロシア帝国の家で篠田桃紅は生まれました。日本が日露戦争（明治三七～三八年）に勝利し、南満州鉄道を含む旧満州における権益を得てしばらくしてからのことです。父・頼治郎《らいじろう》が東洋葉煙草会社の後身である東亜煙草株式会社支社長として赴任し、三男四女のきょうだいの第五子として、異国の地で生まれました。満州に生まれたことから、満洲子《ますこ》と命名されます。

生まれた土地に由来する名前を持つのはきょうだい三人目で、六歳上の次兄は東京に生まれた最初の子だったことから武蔵《むさし》、三歳上の次姉は大連の前の赴任地、朝鮮総督府が置かれた朝鮮に生まれたことから朝子《あさこ》と名付けられます。

大正二年（一九一三）年三月二八日に篠田桃紅は生まれ、一年半ほど

——一九一三年　〇歳
三月二八日、旧満州国大連で、父・頼治郎、母・丈《じょう》（戸籍の表記は「志也ふ」、通名は丈子）の三男四女の第五子として生まれる。
満州に生まれたことから、満《ま》洲子《すこ》と命名される。
父は日本政府の専売局であった東亜煙草株式会社支社長として赴任。一家は、ロシアの影響が色濃く残る西洋的な生活を送る。

——一九一四年　一歳
生まれた翌年に東京に戻り、牛込に暮らす。伝統的な日本の暮らしであったが、ハイカ

大連に暮らします。まだ乳児だったそのときの思い出は母・丈《じょう》から聞き継いだものです。
「母はとても懐かしいらしくて、東京に帰ってからもよく大連の話をしてくれました。一階はオフィス、三階には社員のための図書室やビリヤードなどのレクリエーション施設があった。二階が支社長宅で、そこで私は生まれたの。暖房が完備された建物の中で、サモワールでお湯を沸かし、母はペチカで毎日カステラを焼き、ロシア風の西洋的な生活を送っていた。卵がとても美味しくて、毎朝、売りに来ていたそうよ。朝食は和食でした。ただ父はハイカラ好みだったから、コーヒー茶碗や西洋皿も大中小あって、コックさんがうちに来ていたんです。鶏の丸焼きを調理してくれたり、本格的なロシア風料理を母は習った。東京に戻ってからも、カステラや美味しいオムレツをつくってくれて、私たちは嬉しかったですよ。栗も売りに来ていて、栗の実を買ってストーブの傍に

ラな電化製品をいち早く取り入れる家庭だった。

――一九一九年　六歳

肺結核に感染した長姉・清子《きよこ》の療養のために、母、ほかのきょうだいとともに千葉の海岸に一時転居。千葉尋常高等小学校に入学。長姉亡き後、父のいる東京に戻る。

お正月の書き初めで、初めて筆を手にし、「正」の字を書いた。部屋は離れにある父の書斎だった。その後、父から「桃紅」を雅号として使うようにと言われる。

――一九二〇年　七歳

置いておくと、ポーンポーンと音がして、焼けたことを知らせて、それを剝いて食べていたそうよ」

　大連での両親の社交は西洋式と日本式が混在していました。クローゼットには、当時のヨーロッパのドレスコードだったフロックコート、ホワイトタイ、シルクハット、山高帽、アフタヌーンドレス、イブニングドレス、オペラグローブ、紋付羽織袴、紋付留袖などが、夏用と冬用それぞれ一式揃っていました。

　葉巻は当時の社交のステータスシンボル。東亜煙草株式会社は、日本政府の専売局として中国奥地の農家で煙草の原葉を買い付けていました。買い付けには憲兵も随行し、政府の役人同様の待遇を受けました。

「満州で買った洋食器は日本に持って帰った。あの頃は、ロシアを通じて日本はヨーロッパ製品を輸入していたんです。母はトルストイなどのロシア文学を読むと、大連の昔を思い出すと話していました。雪が深く

東京府下大井町に転居し、大井第一小学校に転入する。小学校の頃から団体行動を苦手とする。

和菓子屋・塩瀬総本家の支店が御用聞きに来ていた思い出は、この時分のこと。

十歳のときに関東大震災に被災。一家は無事であったが、東京中心部で被災した教師や生徒らが小学校に転入してきたことを憶えている。

て寒い場所でしょ。『アンナ・カレーニナ』の書き出しはロシアの雪に埋まったペテルスブルグの駅のホームですものね」

封建的な儒教の教えと西洋の価値観の狭間で

「うちの家はちょっとハイカラな面もあるけれど、ひと昔前の封建的な儒教の教えを父は持ち出す。私には何がなんだか、価値観が一様ではない少女時代でした。父は古い旧家の長男として江戸時代の儒教の教えで育ち、時代は明治の西洋化、大正の民主主義化へと移り変わった。父自身がその狭間で引き裂かれていたのでしょうね。決定的にどっちということにはならない」

ハイカラなことを先んじる父・頼治郎のエピソードについては、彼女自身の著書にも記されています。日本に初めて自転車が輸入され、三台だけが神戸に着いたとき、十代だった父は、そのうちの一台をはるば

父・頼治郎が十九歳のとき。明治時代に初めて輸入された自転車と。

る岐阜・芥見《あくたみ》（現在の岐阜市）の実家から買いに行きます。自転車を買った噂はまたたくまに広がり、自転車を見に来る人が絶えなかったそうです。

少女時代を過ごした家には、まだ一般に普及していなかった扇風機、オルガン、米国のシンガーミシンなどがいち早く取り揃えられ、彼女の友人らは扇風機に当たりに来たり、オルガンを弾きに来たりしていました。

しかし一方で、桃紅も含めた四人の姉妹に対する父の躾は孔子の儒教そのもの。「男女七歳にして席を同じうせず」と厳しく言い渡され、友人の家に遊びに出かけた後、帰宅時に友人の兄弟が送り届けることすら禁じられました。

「女学校時代の関西旅行、東北旅行の修学旅行にも出してもらったことがないですよ。『女の子が外に泊まるのはいけない』。ただそれだけの一点張りでした」

父は江戸幕府以前から続く由緒ある旧家の十五、六代目の当主として生まれます。徳川家康が江戸幕府をつくったその年を刻した篠田家の墓があり、江戸幕府以前から続いていることがわかっています。現在の岐阜市の大方《おおかた》の土地を所有し、屋敷には江戸後期の儒学者、歴史家、漢学者の頼山陽《らいさんよう》と三男の頼三樹三郎《みきさぶろう》が京都から定期的に教えに来ていました。父の名を頼治郎と命名したのも、頼山陽でした。頼山陽の「頼」という字と明治の「治」が当てられています。

「父は慶応三年生まれだけど、半年ほどで、時代は明治元年に移り変わった。旧来の徳川幕府の儒教の価値観を持つ両親に育てられながら、同時に新時代の空気を吸っていた。二十歳で芥見村の初代村長になったり、父の生活は旧態依然としていて、でも観念は新しかったのね」

父はまた、遠い親類にあたる篆刻《てんこく》家・篠田芥津《かいしん》からも漢学、歴史、篆刻などを学んでいます。

「母の話では、ある日、宮内省から明治天皇の『天皇の印』の篆刻を委嘱されて、屋敷の前に参勤交代さながらの遣いがやって来て、非常に驚いたそうよ。そのとき初めて、屋敷にいるおじさんが立派な人だったことに気づいたらしいの。母は父に見染められて、わずか十五、六歳でお嫁に行ったのだから、そりゃ驚くわよね」

漢学を学ぶことは、父・頼治郎の時代では教養の一つでした。その後、母・丈と上京してからも、杉山三郊《さんこう》を師として学問を続けます。杉山三郊（安政二〜昭和二〇年）は明治天皇の勅命で書を書き、東伏見宮依仁《よりひと》親王の碑文を草し、揮毫《きごう》するなど、高名な書家、漢学者として知られています。

父の休日は、漢詩をつくり、書を書き、印を彫り、謡《うたい》に親しむ。さらに、庭の作庭や季節のしつらい、門松などにも独自の美意識を行き届かせます。

「父が風流だったから、私はずいぶんと美意識を父のやり方で覚えたことは確かね。庭も植木屋さんを連れて来て、年中、縁側であの木は枝を落とした方がいいとか、そんなことをやっているの。父は庭などに凝る人だった。後年、私がいいなと思うような花は、みんな父や母が植え付けてくれたなと思いますね。いちはつの綺麗な白い花が毎年咲いて、私はああいいなあと思っていたことを思い出します。薄い、触るとすぐ破れそうな花びらと、厚ぼったい葉がなんともいえずに好きだったのね。花は少なくて、白梅、水仙、くちなし、百日紅《さるすべり》。ほとんどが松と檜。今思えば、うちの父の好みは悪くなかったなあという気はしますね」

会社勤めをしていた父は、毎朝、自宅に迎えに来る人力車に乗って出かけていました。駅からは電車に乗って通勤していたといいます。

――思い出の随筆――

今朝、顔を洗っていて、ふと昔の朝の洗顔のことを思い出した。

　井戸水が冷たかった。だが、あたたかかった。矛盾ではない。自然はいつもそうだ。冷たくもあたたかくも、こころごころ、受け手次第なのだから。極《ご》く寒い間は、母が金《かな》盥《だらい》の水に、薬罐《やかん》の熱湯を混ぜて、ほのかに温かくしてくれた。

　私などは、あの「茶目子《ちゃめこ》の一日」（大正八年、日本で初めてレコード化された童謡）というレコードを、毎日聴い

少女時代の記憶

「私は食いしん坊だから、和菓子屋さんが見本を持って御用聞きに来ていたことを思い出します。毎日ではなかったけれど、一日置きか、三日に一度だったか。午前中に黒塗の二、三段のお重を持って、見本のなかから選ぶと、午後届けに来る。他にも、お魚屋さん、お肉屋さん、みんな来たんですよ。各家庭に電話というのがなかった時代ね。電話が普及したのは私の女学校時代です。それでも電話のある家は少なかったわね」

　そして、よく山や川、田んぼに出かけて遊んでいたと述懐します。

「あの頃は自然というものと、本当に付き合っていたなあと思いますね。夕方には蛍狩に出かけた。もう昔の昔、太平洋戦争の前のこと。でも、つい思い出すと、ありありと風景が浮かぶ。昨日のことのように思い出しますよ」

ていた世代だから、そして東京育ちだから、井戸水で顔を洗ったのは十歳頃まで。あのレコードの「水道の冷たいお水を金盥へザブザブザッと汲み込んで」という歌は、実感で、殆ど水道育ちなのだが、水道になってもこの金盥は井戸水の時のままで、それが琺《ほう》瑯《ろう》の洗面器になり、母の混ぜてくれるお湯は、それにも受け継がれた。（中略）
　だが私の作るものに私は自ら「涌」「澄」「井」「泉」「漲」などという題をつけていることが多い。「あそぶ」と題したい時も「游」と、さんずいの文字を自然にあてている。

　少女時代は街灯などなかった。日が暮れると、あたりはすぐに暗くなるので、子どもたちは日が暮れる前に自宅に帰っていました。

「懐中電灯というものもなかった。日が暮れたら、提灯をぶら下げて出かけたものよ。提灯のなかはろうそく。風情はいいですけどね。提灯にはその家の紋が付いている。自分の家紋の提灯を提げて、よその家を訪問する、そういう時代でした。

　それと、冬は炭でしたよ。日本の家屋は障子ですから、すかすかしている。でもよくできていて、炭火というのは一酸化炭素が出る。締め切ったら毒。だから日本の家屋はすかすかしているのね。石油ストーブができたのはずっと後。お風呂だって、薪や石炭だった。薪と石炭とではお湯が違う。薪のお湯は柔らかいの。不思議ね。そのなかにみかん、きんかんなどの柑橘類の皮を干したものを入れると、匂いもいいし、体も温まるのよ」

私は水墨の仕事をしながら、心の底の底で、幼い日の水遊びに還りたい願望を持っているらしい。

──「年金と暮らしの情報誌」一九八九年春季号

関東大震災

彼女が十歳のとき、関東大震災が起きます。当日、九月一日は小学校の始業式。午前中に終わって、次姉・朝子と東京・下大井町の自宅にいました。

「姉は少女雑誌を読んでいて、父の『地震!』の一言で、私たちは庭に飛び降りた。家は潰れはしませんでしたけど、余震がしきりに来るので、家のなかにはとてもいられなかった。最初の揺れで屋根の瓦が大量に落ちて、余震のたびにガラガラと瓦が落ちて来る。夜は庭の木に蚊帳を吊って寝床にしました。その日、父は会社を休んでいたのね。朝起きると、岐阜で被災した濃尾地震(明治二四年)のときのように風が止まって、むううとした空気感を覚えた。大地震が起きると言って会社を休んだの。夏休みだった次兄・武蔵は、父が止めるのを聞かずに、慶應大学の三田キャンパスへ調べ物に出かけた。すると、北の方角は火事で真っ赤。建物が崩れてその下敷きになってしまったかもしれない、と家族じゅうでひどく心配していたら、夕方、線路沿いを歩いて帰ってきました。『親父の勘はすごい』と感心しきりでしたよ。

天災の思い出は色褪せることありませんね。あんな恐ろしい経験をすると。しかし人生というのは、人間が抗うことのできない災難が、ときどき起こるものなんですね。

それと、関東大震災以降変わったことは、生活に西洋がなだれ込んできたことね。それまで和装で、袴をはいて通学していたのが、和装だと地震が起きたときに逃げ損なうということになった。それで洋服に変わった。九月には洋服屋さんが学校に来て、白黒のチェック柄の木綿地が生徒全員に渡された。それをお母さんたちが縫って洋服に仕立てた。シンガーミシンを買ったのはそのとき。家に西洋の人がミシンの使い方を教えに来ていました」

大人の言うことをきかない

「少女時代の思い出といえば、私はいつも先生に叱られていました。勝手なことをするって。小学校に入ってから、何事も自分の考えでやるから、わがままな子だと言われるんだ、ということに私は気づいた。『みんなと一緒にやりなさい』って注意されたのはしょっちゅう。『私はこうやりたいんだ』って言うと、『そういうことはいけません』。

音楽の時間に、みんなで合唱をするなんていうのは、あまり好きじゃなかった。みんなと一緒にやることがどうも性に合わない。遠足などで、ぞろぞろぞろぞろ。みんなと同じ方角へ歩くのはとてもいやでした。列をつくって、兵隊さんのように。

叱られるのは、女学校に入っても変わらない。成績はいいけど、学校の規則に従わない生徒。だいたい、制服なんて着るのいやでしたもの。今のような制服ではなかったんですけど、スカート丈、ひだの数、紺のサージでつくるとか、決まりがあった。私はひだをうんと細かくするほうが、ずっと見栄えがすると思ったたし、その頃から自分が考えるようにしたかったのね」

ことば篇　二

自由は人生を生きる鍵

自分の生き方は自分が生み出していかなければいけない。誰かの影響を受けてお手本のようにやっているっていうのは、ずうずうしすぎるし、横着すぎる。自分で苦しんで、自分で摑《つか》んでいかなきゃ。

自分というものがない人。あの人があのとき、ああ言ったから自分はああした。人のせいにしちゃっている。なんだか借り物の人生。本当の人生じゃなくて、借り物の中で生きている。

人のことを考えすぎる。そうすれば自分はあの人のためにやってきたんだと言い訳ができるから。

「春の風は一色なのに、花はそれぞれの色に咲く」
人はみんなそれぞれに生きなさいってことよ。こんない
い漢詩はないですよ。

＊中国の古い詩を引用した明治時代の『禅林句集』より。

人は自由にどのように考えてもいいのです。どのように考えてもいいどころではありません。どのようにも考えなくてはいけない。それが自分の人生を生きる鍵です。

自由な気持ちを持ち続けることは、
その人の人生を良く生きるコツだと思います。

人生は自ら由《よ》ればば最後まで自分のものにできる。

自由はあなたが責任を持って、あなたを生かすこと。
人に頼って生きていくことではない。
あなたの主人はあなた自身。あなたの生き方はあなたにしか通用しない。

人間の生き方として「独立自尊」を真っ先に提唱したのは福澤諭吉でしたね。いろんな学問をして、さまざまな意見を聞いて、最後は一人で立ち、自らを尊ぶ。

「ことごとく書を信ずれば、書なきにしかず」（孟子《もうし》）

人の書を読んで、まるまる信じるのであれば読まないほうがいい。書かれていることに向き合い、自分はどう考えるか。自主的になれってことですね。

外界というものは一切自分の思うようにはならないから、それはそれと思い捨てなきゃだめよ。で、自分は自分でやっていくよりしようがない。まわりが合わせてなんて、絶対くれないんだから。

自分はこうやりたいと思ったからやっちゃう、というやり方で生きたほうがいい。だから客観的に自分を動かさないで、主観的に自分を動かす。

よそから見る自分というもので生きない。
よそはよそですよ。

よそと自分が違っている。どっちを取るかって決めなくちゃいけない。あくまでも自分の価値観で生きるべきです。

価値観なんていうものは相対的なものよ。だから価値観なんていうものは常に変わるんですよ。

名誉とか肩書きとか、社会的なものに価値を見出している人はいっぱいいる。そういう人からは私は尊敬されないでしょう。そんなこと、ちっとも構やしない。

自分がやりたいようにやってきた。価値観も私流でやってきた。それを一生貫けた。それでご飯を食べることができた。それでいいと思っているの。

まったくの有り体《あ てい》で暮らす。その人の一番の自然なありかたで暮らすのが一番いいと思っています。お互いがそうできれば一番いい。

人にこうして頂戴、ああして頂戴というのは絶対に言いたくない。私もまた人にこうして頂戴、ああして頂戴と言われたくない。

人と人との出会い、そのやりとり。
この世ではこれが何よりも面白く、何よりコワイ。

その日その日の風にまかせて生きている。今日やりたくなければやらなきゃいい。よく言えば自由。悪く言えば自堕落。

今日は何々をしなければではなく、今日は何をするのか。その日の風の吹き方によって生きたい。

着物と洋服、人の体を包むということでは同じ。非常に違うのは着物は包むのよ。洋服は入れるのよ。かたちの決まったものの中に生身の人間が入っていくのよ。それは大変な違い。

物と人との間柄の違いね。着物は人間に対して非常に謙虚。洋服は人間を規制している。私の中に入りなさい。私はこれ以上大きくも小さくもなりません。着物はどんなに太ってても痩せても、同じ一枚で済むじゃない。

私は人間が主人である着物のほうが好きなの。洋服は従わなければならない。それがイヤなの。イヤというより情けないのね。

人生篇　二

大正後期から昭和初期へ——自由を求める日々

二十歳の頃の篠田桃紅。

――一九二五年　十二歳
電車通学は父から禁じられたため、徒歩圏内の東京府立第八高等女学校に入学。同じ女学校に通っていた次姉・朝子から、入学式で新入生徒を代表して挨拶するようにと、学校からの言付けを聞く。
英語の教師に小説家・北村透谷《とうこく》の未亡人で単身米国留

女学校時代

彼女は、三歳上の次姉・朝子と、同じ小学校、続いて同じ女学校に同時期に通学していたことがあります。しかし、わずか三年の違いで、姉妹は異なる女学校生活を送ります。

「私が入学したとき、女学校は五年制でした。姉の頃に四年制から五年制に変わったので、四年でやめたかたもいたけど、五年までいた人もいた。だから、姉が四年のとき、私は一年。姉のおかげで、最初の頃は結構気楽な学校生活を送っていたのね。入学式で、新入生徒を代表して私が挨拶をすることになったときも、そのことは姉から聞いた。学校が姉に言付けたの。でも、学校は同じだったけど、姉と私は三歳違うだけで、環境が変わった。私の在学中に軍国主義が台頭してきた」

姉は、日本がまだ戦争を始める前の、平和な時期に女学校生活を送ります。封建的な昔の考えが幅をきかせている一方で、西洋から近代思想

学をした北村ミナ、化学の教師に詩人・金子光晴の弟で、小説家・詩人の大鹿卓《おおしかたく》がいた。のちに大鹿卓が詩人・會《あい》津《づ》八《や》一《いち》から原稿を委嘱されるほど厚い信頼を得ていることを知る。

まだテレビのなかった時代で、次兄・武蔵の書棚にあった近代の日本文学全集、ロシアを始めとする外国文学を全て読む。

また、書道家として活動していた習字の教師、下野雪堂に、授業とは別に書を見てもらうようになり、卒業後二年間続く。


が入り、進んでいる人はすごく進んでいたといいます。

「姉は、その頃、日本に入ってきた大正デモクラシーの考え方に共鳴して、モダンに生きるにはどうしたらいいか、クラスメートとしょっちゅう話していた。『モダンガールにならなきゃね』って。自主主義的な空気のなかにいたのね。ホットケーキが初めて日本に入ってきたときは、女学校の調理の時間に、ホットケーキの製粉会社の社員が作り方を教えに来て、それを一、二枚、姉は家に持ち帰ってきた。蜜をつけて食べるのよって。私はへえって、母と初めてこんなパンみたいなおせんべいみたいなお菓子を食べたわ、と言ったことを憶えています。

西洋のものは何でも珍しくて、それだけで価値があるものでしたのよ。上等舶来という言葉があった。そのくらい東洋は西洋に遅れていると。西洋先進国という言葉もあった。先に進んでいる国。西洋のいろんなやりかたに、遅れている東洋の国は学んで追いついていかなくちゃい

——思い出の随筆 二

私は水墨の創造の仕事をしていますが、人の作品を審査することは出来ません。また、私の作を人から審査されることも好みません。

戦前の東京府立の女学校の入学式に新入生総代で挨拶させられた時、小学校の校長先生や受持ちの先生は「誇り」などと言う言葉を使って私の肩を叩きましたが、私の父母は「試験の成績など人間の価値にかんけいない」と、殆ど無視でした。

父も母も、「人となり、心がけのほうが大事」というの

けない。大正モダニズムの時代で、大正のインテリはみんなハイカラでないと、という風潮でした。

ところが、私が卒業する頃にはデモクラシーはすっかり影を潜めて、反動的に国粋主義になった。西洋的なものはだめ。ハイカラなんてとんでもない。英語は国賊語になって、大事にしない学科になった。だから、姉の世代は私の世代よりもずっと英語がうまいのよ。

つくづく思うわね。人は、みんなそのときの時代の子なんだって。でも、姉はごく普通の結婚をした。私は結婚を考えず、何かをして自分の考えで生きたいと思うようになった」

一日に一字を書く

篠田桃紅が初めて書を書いたのは、家族行事の書き初めでした。六歳になる年の正月です。父が七人きょうだいに手ほどきし、特に書に興味

が口癖でした。

父母は、本当は、姉や私を女学校に入学させず、この人、と思う人の許に預けて、薫《くん》陶《とう》して貰いたかったようです。

今にして、私は、そうして貰いたかった、と切に思いますが、女学校に入った時はとても嬉しかったのです。

女学校を卒業する頃、女の先生から「学校に問合せがありますが、貴方は帝大出（現在の東京大学）でないとお家が許さないでしょうね」と言われたのには、私は全くキョトンとしてしまいました。私の結婚相手にどこの大学出、を持ったのが六歳上の次兄・武蔵と桃紅でした。電話が各家庭に引かれる前で、伝達といえば手紙が主体の時代でした。

「今みたいに電話やメールで済んでしまえば、手紙なんて一つも書かなくていいですよね。私たちの時代は手紙が来ると、ああこの人は字がうまいなどと感心して、字を書くことは生活のなかで比重の高いことだった。だからうまく字を書けるようにならなきゃっていう空気があったのね。

若い男女は、手紙でやり取りをしていたから、渋谷に恋文横丁というのがあって、代筆を頼むと書いてくれる人がいたのよ。

そのうち、父から歌や書を書くときは満洲子という本名ではなく、『桃紅』と書きなさい、と雅号を渡された。雅号というのは遊びの名前で、文学、歌などに使う名前。中国の古い習慣なんですね。父は早春を歌った中国の古い詩にある『桃紅李白』という漢語から、私が三月生ま

などという話を、父母は一度としてしたことはありませんでしたから、テイダイもヘチマもありません。外的条件は何もなく、良き人を、というだけでしたから。

　こういう父母のやり方を、戦争中のきびしい一時期、兄や姉と批判したこともありましたが、年を経るにつれて、よかった、と思うことが、私は多くなりました。

　恒《つね》に、自身の内的審査を怠ることが出来ないように育てられたことを、この頃はことに有難いと思うようになっています。人に勝つ、負けるというのではなく、私はこれでれだからと付けてくれた。父は漢学者ですから、李白の詩はすべて知っている。李白と並ぶ雅号を付けるなんて、だいそれたことですよ（笑）」

　父の書棚には、漢籍の本、唐代、宋代の拓本、平安朝の和様文字の帖などがぎっしり詰まっていました。次兄も、書道全集が発売されればすべて買う人だったといいます。

「次兄は夏目漱石、芥川龍之介、太宰治などの文学全集、ロシア文学など外国文学集も出ればすぐに買っていたので、私は兄の書棚にある本は全部読みました。本は十分にある環境にいました。本物の芥川龍之介を見たのは十代前半だったと思う。フランク・ロイド・ライトが設計した旧帝国ホテルの正面階段から紋付羽織袴姿で降りてくるのを、ちょうど居合わせたロビーで見た。扇子か何かを持っているような風情で何かのお祝いでしょうね。ほどなくして、自殺したことを家のお手伝いがラジオで知って教えてくれた」

生きる、というものがまがりなりにも持てたことを。今、当面、外的な審査を受けようとする人にも、自身の内的な審査を、真の意味で恐れる人になって頂きたい、と、私は思っています。

——「ホームティーチング」旺文社 一九八〇年七月号より

これら思春期に読んだ国内外の近代文学は、彼女に大きな影響を及ぼします。

「体制的な思考を常識とする世の中に対して、それは違うと勇敢に立ち上がり、自分の判断をはっきりと出す。そうした明治・大正時代の文学者の批評精神に触れて、私は育ったと思いますね」

やがて墨に惹かれていく彼女は、女学校の習字の授業とは別に、担任の書道家・下野雪堂氏に書を見てもらうようになります。

「一日一字ずつを徹底的に練習しなさいと命じられた。一字と言っても、楷書、行書、草書の三体を書く。私は唐詩などの字をそばに置いて、一日一字を書いていました」

卒業して自由に生きる

「私の時代は、女学校を出たら結婚して、奥さんになる。そのことにな

——一九三二年　十九歳

与謝野晶子門下の歌人・中原綾子に短歌の添削指導を受ける。詠んだ歌は中原綾子が主宰する『いづかし』に掲載される。母も中原綾子の指導を受けることを勧めた。

——一九三四年　二十一歳

次兄・武蔵が肺結核に感染し、療養生活を送っていたが、二十七歳で他界する。漢詩をつくり、書がうまく、運動神経にも優れ、その上、背が高い、女性にモテる自慢の兄だった。その兄から生前、大事にしていた赤間関《あかまがせき》の硯を譲られたが、彼女が銀座の尾

んの疑いも持たない。それが当たり前で、どう生きるかなんて、そんなに考えない。お嫁さんになる支度をして、ちょうどよさそうな人がいたら結婚する。でも私はそうではなかった。自分の考えで生きたかった。あの時代に私みたいなのはいませんよ。自由に生きたいだなんて。人の家にお嫁に行けば生きられるけど、それでは自由がない。結婚した姉は、子どもを産み、決して不幸ではない。姉にならってもよかった。でも私はそうはしなかった」

　習字を教えれば自由に生きられる、と彼女は自分の道を踏み出します。

「お習字の下野先生から『もうあなたに教えるものは何もありません。いつでもひとかどの書家になれますよ』と言われていた。父の師・杉山三郊先生も『おたくのお嬢さんは非常に字がうまいから、中国、平安などの古いものを手本にして学べば、一流の書が書けるようになりますよ』と父に話していた。父が認める二人の先生のお墨付きで、私はお習

張町（現在の銀座五・六丁目）から市電に乗って帰宅しようとした矢先に、硯は風呂敷包みから落ちて、蓋が割れた。その時刻に兄は亡くなったと推定される。

——一九三五年　二十二歳
自由に生きたいと考え、一人で生きていける道を求める。手始めに、近所で書を教え始める。

長兄・覚太郎《かくたろう》の結婚をきっかけに独立。世田谷区成城に家を借りる。のちに戦争が熾烈化し、妹・秀子も同居する。

字の先生をすれば、自分の自由に生きられる。そう思ったのね。それが始まり。それが地について一人生きるようになっちゃった」

最初は周りの人に声をかけて、お習字の練習会を開きました。次第に生徒の数が増えて、一人で暮らせるだけの収入を得るようになります。長兄・覚太郎《かくたろう》が結婚し、家に義姉がくることを知ると、彼女はすぐに家を出ました。

「私が一番邪魔。いつまでも家にいる、そういう居場所があるわけではない。父と母も私をどこかにお嫁にやらなければと思うに決まっている。両親の厄介にならないで生きて行かれれば、そのうちにいい生き方を考えられる。まあそんなものよ、私の時代は。部屋が六つもある、庭のついた素敵な家を借りて、お家賃を払えるかなあなんて初めは思ったのね。だけどなんとかできちゃった」

その後、ある不思議な出会いで、この人ならと思う男性にも出会いま

銀座・鳩居堂で初めての個展を開く。自分の好きな歌を独自の筆致で書き、「才気煥発だが根無し草」と評される。

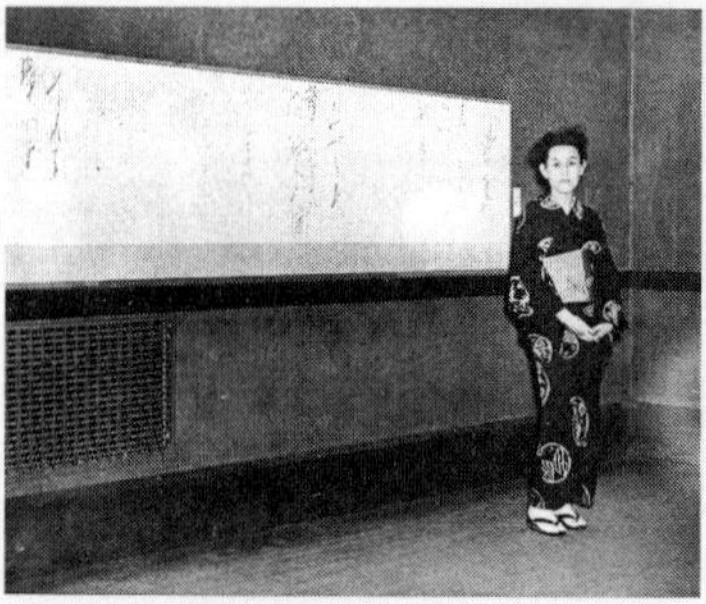

銀座・鳩居堂で書の生徒たちの作品発表会を開いたときの写真。自作を背景にしている（一九四三年頃）。

す。でもその人は学生。両親にも紹介し、結婚は大学を出るまで待ちましょう、ということになります。しかし、銀座でお茶を飲むことが半年続くと、彼女は戦前の結婚のありかたに疑問を持つようになります。

「そのかたはちょっとした家柄の人で、卒業後も就職先が決まっていた。私は彼の実家や親族のために自分たちが生きるような、古い考えに唯々諾々と従うことに嫌気が差してしまったのね。自分たちの精神というものがない。そんな封建的な家に将来入って行けそうにない、そう言ってやめちゃったんです。そのかたが嫌いになったというわけではなく」

そうこうしていると、親しい友人の夫が結婚生活二、三ヵ月で出征して、戦死。嫁いだ先で、友人は生涯未亡人として生きることになります。当時は軍人の未亡人が再婚すると、世間から非難を浴びる時代。嫁いだ先の家で、身を粉にして仕えている友人を見て、彼女はなんとかな

――思い出の随筆 三

私が今このように生きている方向をつけた一番大きいものは性格ではないかと思う。生きる道を選ぶ以前に、性格が、このようにしか生きられない、という方向をきめてしまっていたように思う。性格というものが、先天的なものか、環境や体質によって後からつくられるものか、その両方なのか、とにかく小さい時から、わがまま、強情、協調性なし、という子だったようなのである。

小学校一年生の秋、運動会のために遊戯の練習が始ま

らないものかと心を痛めます。次から次へと友人の夫が戦争に駆り出されるのを見るにつけ、ますます結婚はできないという思いを強めていきます。やがて、手に職を持たない世の女性も、縫製工場などに動員されるようになります。

なにものからも自由でありたい

初めて開いた展覧会は書展でした。墨の抽象画を描き始める前のことです。銀座の鳩居堂で発表すると、「才気は煥発だが、根のない浮草のような書」だと、書道界から酷評されます。書には「書の道」があり、その道から外れて書いたので、浮草だと評されたのです。

「『書の道』というのは古典を意味していて、当時なら『関戸本《せきとぼん》古今和歌集』、『曼殊院本《まんしゅいんぼん》古今和歌集』、『高野切《こうやぎれ》第三種』の名筆を写した字を書くことが好まれた。写した字であれば、書道界は安心して評価してくれ

り、私達は「日本の国は松の国」という歌で振りをならっていたが、ある日突如、先生が「歌を替えます」と言い、「電信線に雀がとまって……」というような歌になった。

　先生は、運動会まで日が少ないから一生懸命やって下さい、と言い、生徒は輪になって新しい歌の振り付けを習い出した。その時私は輪の中に入ることができなかった。私は独りだけ外れて黙って見ていると、先生は当然、どうしてやらないのかと言った。私はすぐ「あたしは『日本の国は松……』の歌が好きです」と答えた。先生は「こんどのは

る。でも、私は自分の好きな歌を自分流に書いた。勝手に独創的な字を書いたから、根無し草といわれたのね」

　古典的な名筆の写しを書くことは容易《たやす》く、彼女にはつまらなかった。むしろ、写すという、決まりごとを書くことから解き放たれたい。別のことがやりたかった。「なにものからも自由である」ことを、生きる上で最も大事にしたかったのです。

「自由というのは、気ままにやりたい放題にすることではなく、自分というものを立てて、自分の責任で自分を生かしていくこと。やりたいように振る舞って、人にも頼る。それは自由ではありません。自分の行動を責任持って考え、自分でやる。それが自由で、だから自ら由《よ》る（＝因《よ》る、依《よ》る）という字を書く。これは簡単にできそうで、心が強くないとできない。なにものからも『自由でありたい』と思うのは、私の性格からきているんです。芥川龍之介が『運命は性格の中にある』という言

前のよりいい歌だし振りも面白い、さあやりなさい」と私の手を引っ張るようにしたが、私は動けなかった。もてあました若い女の先生は仕方がないというふうに、そのままにして輪の中に戻り教えはじめた。私は目を涙で一杯にしてただじっと立って見ていた。

次の日もその次の日も練習の時間になると、私だけ外れて立っていた。何日か経った或る日、母が「先生から言われた、素直に遊戯をやるように」と言い、わけを話すようにと言った。私は「『日本の国は松……』が可哀想」と、

葉を残しているけど、本当にその通り。子どもの頃から、なんでも自分でやりたがった性格が、私の運命をつくってきたのだと思いますね」

「これは、いいとか悪いとかの判断じゃないんです。決まりごとのなかでやることに、私の性が合わない。規則っていうものがダメなんです。規則というものに縛られることがいやな人間なの。だから何かの会に所属するとか、そういうことからも一切避けて生きてきたんです。やっぱり何かに所属すると、我慢をして、その会に従っていかなければならない。家庭だってそう。だから所属することとか何もしないし、結婚だってしない。なるべく自分で、一人やっていかれれば、それが私の性に合っている。それだけですよ。それでなくとも、この世は制約だらけ。そのなかで心の自由っていうものを私は持っていたい。自分がつくるものだけは、誰にもなんの遠慮もなく、勝手につくりたいと思っていますす」

答えた。

今まで一生懸命練習してきたのに、ポイと捨てる、いかにも、もう用済みとばかり捨てて新しいものにする、そういうことが堪えられなかった。歌も可哀想、今までその歌につけてやってきた気持ちもやり場なし、むくわれない、私は物心ついて初めて、切り捨てられるものを、目の前にした。(中略)

かたちは違ってもこういうことはその後も学校で幾度かあったと思う。女学校に入ってからも、反抗期という時期ばかりでなく、職員室で問題になるむすめだったらしい。

そんな彼女が書から墨を用いた抽象画へと表現の場を広げるのは戦後を待ってからでした。戦時中の疎開生活と、肺結核を患った療養生活を経て、独自の表現を模索します。

「ごくごく自然に、放たれた海原に出たのね。繋《つな》がれている犬は柵から紐の長さの範囲しか動けない。だけど、その紐を切ってしまえば、どんな所へも犬は行かれるわけでしょ。書を書くということは紐付きなんです。なぜって、書は私がつくったかたちではないから。もともとあるかたちをアレンジするだけですから。書は創造ではなく、アレンジです。すでにあるものをどのように書くかっていうだけです。たとえば、三本の縦の線で書く『川』という字を四本や五本にしてはいけないんです。だけど、私は好きな数だけ、好きなように書きたいという欲求があるから、決まりごとのなかにはいられなかった。杭に結ばれていた紐を切った。それで自由になった」

「自由になれば、たとえば『川』は水が流れている姿からできた字だから、水が流れている姿をもし表現したいと思ったら、何本の線を描いても構わない。そう思った。ある程度の長さでやめることもない。永遠に引いたって構わない。決まりきった大きさのなかにきちんと収めることもない。私は『抽象』という自由な立場に立ったんです」

（中略）

共同生活に向かない、とさとり始め、学校は女学校だけでもうたくさん、待ちかまえている結婚話にも、尻込みし、何とか独りでやってゆきたいと思い、父母に相談すると、母は半ば支持してくれて、父は絶対反対だった。（中略）私は父の許しを得ないまま、父に母が怒られるのは非常に気の毒だと思いながらも、家を出て、自分でもやれるただ一つのこと、書を教えることをして暮らし始めた。二十三歳であった。

——『その日の墨』冬樹社
一九八三年四月

ことば篇　三

人は苦しむ器

みんな何かで苦しんで、何かで悩んでいる。もう少しこうであればよかったと思っている。

「生老病死、いずれか苦にあらざるべし」とお釈迦様は
言っていますね。どれも苦しみだって。

「二河白道《にがびゃくどう》」。火の河と荒ぶる水の河のあいだに一筋、白い細い道がある。それを見つけて生きるのが人生であるという比喩。

自由奔放に生きれば火に落ちて火傷する。石橋を叩いてばかりだと荒ぶる水の河にさらわれる。人間はどちらの河にも落ちやすい。

人は、ああこれで満足したってことはあり得ないのね。ああ嬉しい、ああこれでもうこの世に望みはない、ああ良かったたって言っている人、いるかしら。この世は真に満足なんて得られっこないのよ。

あらゆる点で完璧な満足を得ようと思ったって、裏切られ、そんなのは得られっこない。だから何かを得られたら、ああこれは運が良かったと感謝しないとね。

自分の思いどおりに人生がなったという人はあまりいませんよね。こんなつもりじゃなかったって、みんな言っていますよ。

人って、自分で自分に迷う道、迷路をつくって生きている生き物よ。迷わない道をつくればいいのに、みんな、迷う道ばっかりつくる。つくるっていうことが迷うってことなの。

人間は死ぬまで一生迷路に入っているんです。迷いと、自ずから何とかなるだろうという楽観的な考え方とがいつもやり合っている。

世《よ》迷《ま》い言《ごと》、昔の人はどうしてこんな上手い表現を思いついたんだろう。みんな一生迷っているんです。はっきりとした道を見据えて歩いているわけじゃないのよ。

生きている以上、右往左往したり、迷ったり、何を信じていいかわからないけど、まあまあこの辺だろうっていうことでやっている。だから迷いの文化。

人間というのは、自分の本体とは別に、自分を横から見ているる自分がいるのよね。自分はこれでいいんだろうか、なんて考えちゃう。それが人間よ。だから苦労が尽きないのよ。

三好達治は「それはふと思いがけない時に来る。それを人は信じなさい」と書いている。やっぱり人間って救いを求めると、知恵というものが思いがけないときに来るわよ。いくら考えても出なかった知恵が。

「さばかりのことに死ぬるや。さばかりのことに生くるや。止《よ》せ止《よ》せ問答」石川啄木は鋭いわよね。そんなことのために生きているのか、そんなことのために死ぬのか。どっちにしたって、たかが知れていると思ったのよ。

みんな寂しい、悲しい思いをしていますよ。幸福そうに見える人でも、解決しようのない、悩みみたいなものを持っているんじゃないでしょうか。だから人を羨ましがるとか、妬むとか、そういうのは愚かですよ。

幸福なんてものは主観ですから。
客観的な幸福なんてものはないですよ。

幸福は一種の抽象概念で存在のないもの。
感覚として存在する。

大抵の人は不幸な思いをして、それでも慰めを見つけて暮らしている。自分で自分を勇気づけるというのか、生かしていこうと。何かやっぱり生きる術《すべ》を見つけ出す力を持った生き物なのよ。

世の中が幸福で悩みがなかったら、芸術も文学も何もないですよ。不幸だから芸術というものに、人は心を寄せざるを得ないのよ。

女の人が一人で生きていたらかわいそうだなんてとんでもないわよ。日本の男の人って本当に自惚《うぬぼ》れていると思った。一人でいることを哀れなこととして見ていますよ。人が人を幸福にし得るなんて無理、幻想です。

幸福というのはその人の自覚ですから。

トルストイという人は鋭いわよ。世界中で読まれるだけのことはあるわね。

「幸福な家庭はどれも似たものだが、不幸な家庭はそれぞれに不幸である」（『アンナ・カレーニナ』）

人間の幸福は似たり寄ったりで、デリケートなものではないのね。でも、人間の不幸は数えたり、言い出したりしたらきりがない。人間っていうのはそういう宿命を持った生き物だと、諦めるような気持ちがあったのね。

一切は受け止めておく。それが人生を渡るのに上等まではいかないけど、まあまあ、無難な生き方かもね。

「ああ今日は晴れた、嬉しい」って言っている人と、晴れたって「ちっとも面白くない」って言っている人といるじゃない。心の持ちようで、なんでも受け入れるほうがいいですよ。

満ち足りている人っていうのは、自分の価値観を持ち得る人ですね。

何でも良いほうに解釈する。良いほうに解釈して人に感謝していると、自分自身も幸せな気分になれますよ。愚痴もなくなるし。

人生篇　三

昭和 戦時中

——生死の境をさまよう

——一九四一年　二十八歳
東京大空襲下、両親、妹・秀子と会津広田（現在の会津若松市河東町広田《かわひがしまちひろた》）に疎開。広田駅から2里ほど登った磐梯山の麓で、猪苗代湖を水源とする第三発電所近くの社宅を借りる。父・頼治郎が謡に親しんでいたことから、男性の紋付羽織袴が十分に手元にあった。農家では父の着物が好まれ、米や野菜などの食料に替わった。

——一九四五年　三十二歳
立春、肺結核に感染し、福島県河沼郡日橋村《にっぱしむら》（現在の

東京大空襲を受けて

「アメリカが最初の爆弾を東京に投下したとき、私は能の舞台を観ていた。爆弾が落とされたことには気づかず、その日の新聞の見出し『アメリカの偵察機が来て、品川に一発落とした』というのを見て知った。それからというもの、空襲は絶え間なく続いて、ああこれで死ぬんだと思ったことは一度や二度ではない。あの状況では死ぬに決まっている。一面の焼け野原になったんですから。戦争になったら、普通の人も死ぬか生きるかですからね。人々は次第に痩せ細って、どうにか生きているけど、毎晩のように爆弾を落とされる。人の命っていうのは本当にわからない。戦争なんていうものは滅茶苦茶ですよ。筋道なんてありゃしない。運みたいなもので、私などは生き残れたから、生き残っているだけ。立派な人もみんな亡くなっています。戦争は本当に不条理です」

篠田家は、当時、夏を過ごす神奈川県の鵠沼《くげぬま》海岸に家を所有していま

会津若松市河東町広田）に移って、二年間の療養生活を送る。

した。草葺きの小さな家が二軒に分かれている家。しかし、敵前上陸でアメリカが日本の海岸から上陸するという情報が流れ、二束三文で売ってしまいます。その後、戦争が終わってみると、鵠沼海岸は無事で、住む家にも事を欠き、せめて一軒だけでも手放さずにいたらと、悔やんでも悔やみきれない思いをします。

「戦時中は、一ヵ月で価値観ががらりと変わってしまう。そんな時代を生きたら、物に対しては一種のあきらめるような心が芽生えますね。やはり人というのは命というものがなければどうしようもないのだから、どんなことがあっても命は大切にして生きていかなければというような、そんな気がいたしますね」

山奥へ疎開する

東京大空襲の下、彼女は両親、六歳下の妹・秀子と会津の山奥に疎開

——思い出の随筆　四

戦時中、会津に疎開をしていた。当時の、猪苗代第三発電所の近くに住むことになり、発電所の方々にたいへんお世話になったお蔭で、どうにか、山国での生活もできたのだと思う。

東北は、地理の時間に習った少女の時から憧れの地方だったが、冬、雪国の雪というものは、憧れで片付くような、なまやさしいものではなかった。

農家で分けて貰った食べ物を背負っての、雪の山道の上り下りは、文字通り必死で

することに決めます。東京に住んでいられなくなったのは、何よりも食べ物がなかったからだったと述懐します。

「どのお店も食べ物を売っていない。お米も何もかも、一般の人は買えなくなった。私は道端を歩いていて、緑の雑草が目に入ると、あれは食べられるかしらと思った心理を、今でも憶えています。みんな雑草を見つければ食べていたから、都会には雑草すらなくなっていたんですよ。それだけ野菜も何もかもがなかったんです。惨めなものですよ。それで、やっぱり田舎に逃げなきゃということで、会津の山奥に疎開することにしたんです」

ところが、すぐに疎開したくても、今度は列車の切符がなかなか手に入らない。四苦八苦していると、東京大空襲は都市部から郊外に移り、下大井町の実家が半分焼けてしまいます。

「アメリカの軍用機が来て、すぐに防空壕に逃げ込んだけど、家が焼け

あった。大雪に遭い、道も川も雪に埋まり、死ぬかと思った時、来合わせた隣人の助けで、命拾いしたこともあった。

それだけに、訪れた春の喜びというものは、とても東京では味わうことのなかった感動であった。

磐梯山は眩しくかがやき、鶯《うぐいす》の谷渡り、小川の雪解の水の音は、初めて聞く音楽だった。しどみの紅い蕾のふくらみに心を躍らせ、芹《せり》や蕗《ふき》の薹《とう》は、未だ豊ならざる食卓の彩りとなった。

摘んだ蓬《よもぎ》を、私の帯と取り替えて貰った粉で、草餅を作り、老いた父母を喜ばせたり、

ると防空壕も熱くなってくる。敵機が去ってから、あちこちに転がっていた焼夷弾を座布団で消した。落ちてすぐなら消えるんですよ。ちょっとでも、火が燃え移ったらもうだめ。そしたら、一つの焼夷弾が防空壕に転がりこんでしまって、なかのものが半分焼けてしまった。妹が茶箱にぎっしり着物を詰めて、それを防空壕に入れてあったのね。でも、軸物と巻物は少し助かった。桐箱に入れてあった分。桐が非常に火に強いことを目の当たりにした。昔から、大切な経典や掛け物は桐箱、着物は桐箪笥に入れますよね。木のなかで一番強い。離れは全焼してしまったけど、母屋は残ったから本当に助かったの」

ようやく手に入れた切符で汽車に乗り込んだのは一、二ヵ月後の真夜中の時刻。灯のない東京駅。空にはアメリカの軍用機が飛来しているので、灯火管制が敷かれていました。真っ暗ななか、手探りで汽車を乗り継ぎ、最終目的地の会津若松市の広田駅に到着します。ここには終戦後

今にして思えば、あの日々こそ、しんじつの暮し、風土と人との生活というものであった。

だが、いいことばかりはないもので、春の安堵で私は、病気、二年間の療養生活と相成ったが、それでもなお、山国の清澄な空気、あたたかい人々のお蔭で、健康を取り戻せたのだから、憧れの地は、やはり私を裏切らなかったのだ。

——篠田桃紅所蔵記事より

もしばらく過ごすことになります。彼女自身が肺結核を患い、二年間の療養生活を送ることになったからです。

「老いた両親と身ごもった妹。私が農家にお米や野菜を買い出しに行っていた。一番重いものを運んで、一番働かなければならない立場で、でも食べ物は家族に回さなければという気持ちがあったから、とうとう私は過労と栄養不足で病気になってしまった。買い出しの労力が酷すぎたのね。貸してもらった家は山の上にあったのよ。でも農家ははるか離れた低地にある。行きは楽だけど、帰りは上りで、お芋だとかかぼちゃだとかを背負って歩かなければならない。なんて皮肉なんだろう。何もかもが人を苦しめるようにできていると思いましたよ」

肺結核は、人から人へとうつる結核菌による感染症で、ストレプトマイシン（抗生物質）という効果的な治療薬ができるまで、世界はもちろんのこと、国内でも「亡国病」と称され、恐れられていました。日本でも多くの著名人が命を落とし、彼女の両親は長女・清子を十六歳で、次兄・武蔵を二十七歳で失いました。

「あのときに私が死んでも、あたりまえのことだったんです。誰も文句をつけようのない、死ぬのがあたりまえの病気だったんです。でも、私はいい女医さんに恵まれた。診断で、『これはただの風邪ではない』、『じゃあ、肺病？』と私が聞くと、『そうです、だけど治ります』と間髪入れずに言ってくれた。地底に引きずられた気持ちが、その一言で、すっと軽くなったのね。人間の運命って、本当にわかりませんよ。最後まで人はあきらめてはいけない、ということです。もうこれはだめだと思いましたけど、あきらめないでやっぱりよかった」

清浄な空気と水、新鮮な食材が多少なりとも手に入った疎開先で療養生活を送り、彼女は次第に回復していきます。

ことば篇　四

あきらめて救われる

これだけ一生懸命やっているのに、どうして理解してくれないんだろうってみんな思っている。

「縁なき衆生《しゅじょう》は度し難《がた》し」

お釈迦様ですら、いくら教えを説いても理解してくれない人たちがいると諦めているのですから、思い悩む必要はないですよ。

世の中はすれ違い、筋違い、食い違い。どこか摑めなくて、誰もが虚しい思いをしているんじゃない？　この世は見当違いのことに興味を持つ人が多いから。

日々、失望するために生きているんですよ、と言った人がいた。人は何かを期待しているんですね。だけど、生きているあいだにどんどんどんどん絶望するわけよね。

私に言わせれば、人間は自分っていうものに絶望するために社会をつくったんじゃないかしら。そして絶望してあきらめることを知って救われるんじゃないかなと。

あきらめられないから悩みが尽きないし、あきらめられないから希望も続く。人生はその繰り返し。

わかっていない部分があって、どこかで期待しているから生きている。はっきりこの世はこんなものだとわかったら、生きてなんていられないですよ。

この世に生きて、真理なんていうのは人間の知恵じゃとても摑めない。あらゆる生き物が寄ってたかっても、おそらく会得できないでしょう。

真実くさいものが世の中を動かしている。本当のことっていうのは世の中に小指の先ほども伝わっていない。

その人の持っている性格がやはり大きいですよ。それから境遇、この世。そういうもので運命が決まっていく。

芥川龍之介は「運命は性格の中にある」と言った。運命が性格をつくるんじゃない。あなたの性格のなかに運命があるのよ。

この世のことは一切が不可解です。だからあらゆること
が起こり得るんです。

本物の立派な人は尊敬なんかされたくないですよ、きっと。人から尊敬されて喜んでいるような俗物ではない。人はどう思おうと超然としている人が本物なんじゃないかしら。

「親の意見となすびの花は千に一つも仇《あだ》はない」なすびは全部の花の実がなる。花だけで実がならないということはない。親の意見も全部身になるということわざ。

「うるさいねえ、お父さんやお母さんは」って思っているんでしょ。そりゃそうよ、世の親たちはうるさいと思われるだけの言い方しかできないのよ。

持っているものに感謝すればいいのに、持っているものは当然で、無いものを欲しがる。賢い人は、達観して無いものねだりをしないんだと思う。自分はこの程度なんだと思って。

人は欲張ってはいけないんで、一つ得られれば一つ失うことは覚悟しないとね。

望みの五分通りか八分通りか、どこかでああ良かったと思えることが人生を世渡りする上での上手なコツだと思う。

人間の最高の知恵はどの辺で止めるか、どの辺までにするかで決まると思う。なんでもいい気になってやっちゃったらいけない。何事もほどほどに、これが人間の一番の戒めだと思う。

自分をなくすくらいじゃなければ、人を愛せないですよね。その人と自分のどちらかを立てなくてはならないとなったら、まず自分を立てるでしょう。だから人を愛するなんて偉そうなことは言えないんですよ、本当は。

私はあなたをとっても愛しています、なんて言うのは不《ふ》遜《そん》なことよ。愛する力もないくせに。それはただ好きだって言うくらいのことよ。

人生篇　四

昭和戦後——父母との別れ、そして渡米

——一九四七年　三十四歳
東京に戻り、大田区田園調布で家を借りた後に、杉並区下井草にアトリエを持つ。書から独自の創作へと活動を広げる。

——一九四八年　三十五歳
父・頼治郎が八十三歳で他界。雅号は眉山。四年後に母・丈も他界。明治十七年生まれ、享年六十八歳だった。

父母との別れ

父・頼治郎がこの世を去ったのは、疎開先から東京に戻った翌年のことでした。その数年後に、母・丈も後を追います。

「父からの遺言状に『結婚するように』と書いてあった。私は、ああまた同じことを言っている。父は『女の子は独立不可。一芸は万が一のときの用意、それで立つことなかれ』と封建的だから、もう仕方がないと思った。母は『もし男の人に頼る生活をしないで生きていかれるのなら、それでもいい』と言ってくれていました。『わがままだけれど、何か一つの信念を持っていて、それをやっているのだから』と私を非常に理解してくれていた。私の時代の親は、保守的な考えが普通でしたからね。どこかちゃんとした家にお嫁に行ってくれれば、それでいい。だけどそうでなかったら、私は生涯結婚もしない親不孝ということになるのね。父と母は十六、七歳離れていた。名古屋の学校で学んでいた父が母

渡米前、書家で歌人の會津八一と。

と知り合い、女学校に入る前の母を岐阜の実家に連れ帰った。母は明治の女性ですから、『夫に従い、長じては子に従え』と育てられている。自分というものを無にして、家族の役に立つように動いていました。陰ながらに動いて、自分を主張する人ではなかった。私はとても尊敬しますね。出歩くことはしないで、本ばかり読んでいた。何を聞いても、何でも知っている。母は私が最も会いたい女人です。母の残した小裂《こぎれ》を縫い込んだ羽織は、普段からよく着ていますよ」

渡米のきっかけ

東京に戻ってからというもの、彼女は精力的に創作活動に励みます。作品が評価され、展示の機会が増えていきました。一九五四年に個展を開くと、作品は広く海外にも知られるようになります。海外、国内の美術館への出展依頼が相次ぎます。

渡米前、詩人・三好達治（左）と。

敗戦後の日本には、アートの好きなＧＨＱ（連合国軍最高司令官総司令部）の将校や兵士たちもいました。「彼らはよくアーティストの家に遊びに行っていました。音楽好きな将校らは音楽家の家に行ったのでしょう。私のアトリエにもたくさんの外国人が来ましたよ。文化に対して関心の高い人たちでしたね。私の展覧会に来て、大きな作品を次から次へと予約していった。『あなたの絵はアメリカにはないものだ。ぜひあなたの絵を自国に紹介したい。私はこの任務を終えてアメリカに帰ったら、あなたを呼ぶからぜひ来てください』と口々に言ってくれた。でも、いざ帰国して呼ぼうとすると、大変なんですよ。費用は全部あちら持ちの招待で、彼らの年収、銀行預金など、財力があることをアメリカ当局に証明しなければならない。そして、日本には外貨などありませんでしたから、私の往復の飛行機代と二ヵ月間の滞在費として、二千ドルを日本に送金しなくてはならない。米

——一九五四年　四十一歳
銀座松坂屋で何フロアーかの広い会場を使って個展を開催。展示は建築家・丹下健三が手がける。「桃紅さんの作品は大変強いから」と言って、コンクリートのブロックを積み重ねて衝立をつくり、ブロックに作品を嵌め込んだ。

渡米前の仕事場にて。

ドルが送られてこないことには、外務省は絶対にパスポートを発行しませんでした。当時、大学を出た人の初任給が月一万二千円の時代よ。海外に行くことができたのは、外務省と海外に支店を持つ商社ぐらい。アーティストが一人で渡米するなんてことは不可能でした。ところが、ふっと思いもよらないチャンスが訪れたのね。私の展覧会を見て、作品を気に入ってくださったかたが、ぜひアメリカで発表して欲しいと言って手配してくれたの」

このアメリカへの渡航が、その後の彼女の人生を大きく変える転機となります。

「自分がこうしたいという望みというか、希望というか、やりたいと思うことを心の一隅に持っているということは大変いいことかもしれない。そんなにしょっちゅう、そのことを考えているわけでもないけど、なんとなくそういうものを持っている。そうすれば、チャンスがきたと

――一九五五年　四十二歳
八月、ベルギーの現代美術家、ピエール・アレシンスキーが来日。短編映画『日本の書』に出演する。
以降、一九五六年に渡米する直前まで、国内・海外の展覧会出展に枚挙にいとまがなく続く。

ボストンのチャールズ川にて。

きに逃さなくなる。チャンスなんていうのは、つくろうったってつくれませんからね。天の一角から降ってくるものだから、それを受け止めることができるか、できないかということじゃないかと私は思う。だから、心にいろんな部屋を持って、どこかで受け止められるという状態がいいかもしれない。自分の生きるかたちにとらわれてしまわないってことかもね。どこかで自由というものを持っている人は、あっさりと、それに賭けてみようという気になるかもしれないわよ。チャンスって不思議なもの」

ニューヨークの自由な空気に触れる

アーティストが単身渡米すると知って、彼女のもとに次から次へと新聞社らが取材にきました。「どうして行けるようになったのか」と尋ねられ、「墨の力です」と彼女は答えます。今でも記憶している新聞の見出しの一つが『墨の芸術、海を渡る』。

渡米時には四十三歳になっており、英語も女学校の授業で習ったレベル。当時の決断を、彼女は自分の人生を世間の常識を基準にして決めないからだと言います。

「これまで、自分の人生を年齢や世間の常識などで規制したことは一度だってありませんよ。絵さえ見せりゃいいと思っていた。英語ができようができまいが、私には作品があると。勇気があったとか、そんないいものじゃありませんよ。成りゆきまかせですよ。もうこうなったらしようがないっていう。アメリカで、ああどうしようと途方に暮れたとき、私を立ち直らせてくれたのは私の作品でした。私の作品に価値を見出してくれる人がアメリカにいた。そういうことですよ」

羽田空港からノース・ウエスト航空のダグラスDC7に乗り、シアトル経由でボストンに入りました。ボストンでの個展が終わると、

――一九五六年　四十三歳

九月二十四日に単身渡米。一〇月、ボストンのニューベリー通りにあるスエゾフ・ギャラリーで個展を開催したのちに、ニューヨークに移動。翌年一月に、バーサ・シェイファー・ギャラリーで個展を開催し、高い評価を得る。この成功がきっかけとなり、全米各地で個展を開催。二ヵ月ごとにビザを更新して、二年近く滞在する。ニューヨーク滞在中は、イーストリバーに近い八十一丁目、九丁目のグリニッジ・ビレッジを仮住まいにしていた。

篠田桃紅が戦前に観た映画『ノートルダムの傴僂男《せむしおとこ》』（日本公開一九四〇年）の主要キャスト、名優チャールズ・ロートンもバーサ・シェイファー・ギャラリーでの個展に駆けつけた。画家・岡田謙三夫妻もともに。

ニューヨークに移動し、東京国立近代美術館の今泉篤男《あつお》氏が書いてくれた紹介状を持って、画家・岡田謙三氏（明治三五～昭和五七年）を訪ねます。彼はフランスで洋画を学んだ後、ニューヨークに移り住み、人気作家として大成功していました。彼女はホテルに宿を取ると、自分の作品を持ってニューヨークのギャラリーを回ります。

「ニューヨークにはギャラリーの数が四百もあったんですよ。そのうち一流といわれるギャラリーは一〇ぐらい。そして一〇のうち六つが女性オーナーのギャラリー。女性なのよ。だから私は『ああ、アメリカはすごい国だ』と思った。当時の日本では考えられない。女性オーナーに会いましたけど、みんな、ちゃんと自分の考えに自信を持って、それを世の中に提示している。女性が自分の意志を発揮できる社会。羨ましい思いがしましたよ。この国に生まれた女性は幸福だなと。自分というものを表現しうるわけですから」

抽象表現主義の創始者の一人、画家ウィレム・デ・クーニング（右から二番目）と。

生まれて初めて、自分の気持ちにぴったり合うところに来たと感じます。当時一九五〇年代のニューヨークは、何にもとらわれない、何の権威も認めない。自分がいいと思うものはいい。人が認めようが、認めまいが、自分の考えでやっている。個人が非常に生き生きとしている。人種もありとあらゆる国の人がいて、自らに由って生きているさまを彼女は目の当たりにします。

折しも、先駆的なアートは、戦後、ヨーロッパからニューヨークにその中心が移り、抽象表現主義が花を咲かせていました。マーク・ロスコ、ジャクソン・ポロック、ウィレム・デ・クーニングら多くのアーティストが活躍していました。一流のギャラリーは彼女の作品に興味は持ってくれるものの、すでに三、四年先までスケジュールが決まっていました。彼女のビザの滞在期間は二ヵ月しかない。ボストンで四十日前後費やしていました。物理的に無理がある、と途方に暮れていると、奇

バウハウスの創始者で建築家のヴァルター・グロピウス夫妻と。米国マサチューセッツ州の自然豊かなリンカーン地区にあるグロピウス邸に招かれたときの写真。

ギャラリーオーナーのベティ・パーソンズ女史と。ロングアイランドにある同女史の別邸にもよく招かれた。

跡的に、バーサ・シェイファー・ギャラリーでの個展が舞い降りてきます。予定していた画家の油彩が乾かず、急遽、スケジュールが空いたのです。岡田謙三氏によると、「超一流ではないけれど、まあ、いい画廊。ニューヨーク・タイムズ紙の美術評論家も見にくるギャラリー」。この展覧会の成功が評判を呼び、その後、二ヵ月ごとに弁護士と一緒に移民局に出かけてはビザを更新し、全米各地で展覧会を開きます。二ヵ月の予定は二年間に延び、アートシーンでの交友関係も広がっていきます。

「アメリカに二年間暮らした後は、念願のベティ・パーソンズ・ギャラリーで個展が開かれるたびに、アメリカと日本を行ったり来たりしていました。この時代のアメリカは私のなかに大きい影響を残しましたね。ジョン・ロックフェラー三世夫人や近代建築の巨匠と謳われたヴァルター・グロピウス、ミース・ファン・デル・ローエなど、世にも稀な人

ニューヨークの社交界の華だった同女史の交友関係はアートのみならずハリウッドにも及び、篠田桃紅が女学生時代に観ていたトーキー映画の伝説的女優グレタ・ガルボも同女史の親しい友人だと知ったときは驚く。

たちの知己も多く得て、何がどうって、はっきりしたことは言えないけど、全体的に私を変えたと思います」

ベティ・パーソンズ・ギャラリーは、マンハッタンのイースト五七丁目にある伝説的なギャラリーで、女性オーナーのベティ・パーソンズ女史（一九〇〇〜八二年）は、いち早く抽象表現主義に着目し、時代を牽引した指導的な女性でした。まだ無名だったジャクソン・ポロックの展覧会を開き、岡田謙三、マーク・ロスコ、ロバート・ラウシェンバーグ、ジャスパー・ジョーンズらを世に送り出します。

篠田桃紅もベティ・パーソンズ・ギャラリーの所属アーティストとして名前を連ね、定期的に個展を開催します。作品はロックフェラー財団を始め、グッゲンハイム美術館、アート・インスティテュート・オブ・シカゴなど、世界の名だたる美術館や財団などに収蔵されていきました。

「グッゲンハイム美術館は、ジェームズ・スウィーニーさんが館長でし

一九五七年、パリのギャルリー・ラ・ユーヌで開かれた個展に、パリに居合わせた彫刻家イサム・ノグチ（右から二番目）が足を運ぶ。米国での展覧会と重なり、作品だけを送った篠田桃紅に、のちにイサム・ノグチが個展の様子を伝える。

た。私のニューヨークの小さなアパートに来てくださって、小さな作品をいただいていいですか？　って、その場で買い上げて、コレクションに加えてくださった。来日したときは、私が描いたレリーフと壁画を見るために京都国際会館にも行ってくださった。評論家としては世界的な第一人者でした」

ことば篇　五

老いを受けとめる

そりゃあ生き物ですから、衰えていく面だけではなく、深まっていく面もある。老いて初めて気のつくもの、老いたからからかえって別の面が見えてくる。

なにしろ老いるということは初めての経験だから、これはやっぱり一生のなかで非常に大事な人間の経験なんだと思いますね。

第三者的観察をちゃんとしようという、もう一人の私がいる。日々衰えていく私と、日々衰えていくことをちょっと距離を置いて見ている私が、私のなかにはある。

一身のなかで、成熟していく精神、思考力と、衰えていく記憶、体力の両方を抱いて生きるのが老いるということなのね。

老いるということは衰える一方じゃない。ほんの少しだけどプラスになっている面がある。歳を取って初めて得られるものだから、珍しくて非常に貴重ですよ。

「ただ過ぎに過ぐるもの、人の齢《よわい》」

清少納言も書いているとおり、ただ、ただ、過ぎる。

当方に関係なく。

私、幾つになっても色んなことを発見しているんですよ。だから飽きないでやっているのよ。

ダメです、と言ってしまえばそれまで。

もうダメですって言うのはどれくらいダメなのか。

そのダメっていうのは、若いときに見ることのできなかった何かを見ているかもしれない。

昨日までやれたけど、今日はもうできないって言うのが多くなっている。情けないけど、やれることがだんだん減ってくるんだろうと思う。

だけど今やれるということに一生懸命、価値観を置いてやっている。やれることをやっている。

長生きというのは、色々思い出をつくるために生きているみたいね。

「花は盛りに、月は隈《くま》なきをのみ見るものかは」

盛りだけが花ではないし、満月だけが月ではない、という兼好法師の言葉もある。人間も生き物の在り方として老いか若きか、どちらがいいかなんて比較できない。

若さは謳歌するもので、賛美されるものではない。若いときはこうだった、ああだったって、年寄りが過去の自慢話をするなんて野暮。

老いを負い目に感じたり、マイナスだと考えるのはナンセンスです。

若いうちは考えられなかったことを、老いてずいぶん色々感じたり、知ることができたから、やっぱり長生きしてよかったと思いますよ。

人間の一生はどんなにやってもこれで完璧だということにはならない。生きているかぎり、人生は未完成ですよ。

さあね、幾つのときが一番良かったなんて言えない。
人間はそのとき、そのときでしかないものを大切にすべきだと思う。

歳を取るというのは、悲しむ一点だけのものでもない。
歳を取って初めて得られる喜びもある。

若いときはこういうお皿だと思っていたのが、歳を取ったら別の面白さを見出すようになる。一つの花が咲いているのを見る目も、若いときと全然違ったものに見えるのよ。

歳を取ると体の対応が減る。精神的な対応は深くなる。

体はどんどん不自由になっても、杖をついて歩いたり、
助けられても、情けないとは思わない。杖をつくことを
エンジョイすればいいんです。

たいていのことは受け止めて喜ぶほうが、人生は得ですよ。

人間は何かを面白がる精神がある。人生を面白くするか、幅広く楽しむか、その人次第よ。人間の持つ想像力を使えば退屈しない。

年甲斐という言葉があるじゃない。歳を取った甲斐というものがあるのよ。

年寄りが色々なことを言うのは、若い人にとってうるさいだけなのよ。無理もないわね。歳を取らなければわからないんだから。

この世は歳を取ったことを誇りに思っていないのね。年寄りは静かにしていなさい。ずっと控えめにしておきなさい。いつまでも生きているな、ぐらいに思っている。

日本は老いることが成熟だとは思っていない。

成し遂げて熟していくことが老いることだと、私はしたいの。価値観をひっくり返したいの。

「いい歳して何を言っているの」って人は言うけど、「いい歳って何歳から何歳のことですか」って聞くと、さっぱり内容がないのよ。曖昧なままあってなもんよ。さっぱり内容がないのよ。曖昧なまま通用しているの。

歳がまず上にデーンとあって、生きている人はそれに従わなければいけないような、特に日本の人は年齢ってことを至上命令にしているのね。そういう歳っていうことが、非常に生活のなかで幅を利かせている。

「人という不思議のものに生まれてきて、不思議の大き世の中を見る」という中原綾子の歌がある。不思議が多いばかりか、不思議ばっかりですよね。不思議じゃないものなんてないでしょ。

＊中原綾子　歌人（一八九八〜一九六九年）

人生は全部自分で創造して生きていかなくてはならない。
歳を取るということは創造して生きてゆくということ。

人の生き方には決まりがないんだから、最後までどのように生きることもできるんです。

自然の一部なのよ、私はもう。
雪が降った、雨が降ったというのと同じよ。

私というものの存在がどうのこうのじゃない。
この世の一つの現象。現れた一つのかたち。
なんでもないのよ。

人の一生というものは、まったく自然のなりゆきで、自然のことなのね。
その日のお天気みたいなもの。
その日は曇っていた、晴れていたというようなことよ。

どうでもいいやと自然のなりゆきまかせ。でなきゃ、こんなに長く生きて来られませんよ。

いちいち、あー大変だ、あー不安だ、あー憎らしいってやっていたら、忙しすぎて生きていられない。

たいていのことは、ああそうですかで済んじゃう。

人は自然というものの前には自分が無力であることを、頭や体の衰えから身に沁みて感ずることだから、結局は自然を受け止めて生きていくことがいい生き方ではないかと思う。無理はしないで、かといって、ただ老いにまかせているわけではない。

自然体だけど、まったくまかせきった自然体ではない。
老いて初めて得られる自然体の美しさがある。

あるがままにやっているけど、この世に適応できる期限というものがあるわよね。しようがないわね、自然にまかせておくより。

死ぬというのは物理的に人間という種類の生き物が息絶えるということで、いくら人生がどうのこうのと言ったって、他人から見たらなんでもないことですよ。

死に向き合うなんてことは、どんなに偉い人でもちゃんと用意ができていて、いつ死んでも満足です、なんていうことはないと思いますね。

言うなれば、私の体の半分はあの世にありますから、この世にいるより少し遠目が利いて、死を客観的に見るようになったのかもしれません。

人生篇　五

昭和後期から平成、令和へ——人間の歴史を思う

―一九五八年　四十五歳

五月に帰国。大田区田園調布に転居。

時の人となり、さまざまなメディアの取材が殺到する。以来、現在に至るまで、展覧会、作品の制作依頼は、海外・国内ともに引きも切らない。

―一九六〇年　四十七歳

米国フィラデルフィア州から、摺師アーサー・フローリー氏が大きな石板と鉄製の摺機を持って、船で来日。版画家以外のファイン・アートの作家の作品も摺りたいという同氏の希望を受けて、初めてリトグラフを制作する。以降、

休日を富士山麓で暮らす

こうして活動の場を国内外に広げた篠田桃紅は、長年、随筆も書き続けています。そのなかから、彼女が魅了されてやまない富士山についての一節を抜粋します。

――二十五歳の時の夏、私は初めて『赤富士』というものを見た。全く驚いた。この世にこのような山があるのか、と思った。それは余りにも大きく、余りにも赤く、また余りにも異様だった。うつくしいけしき、などという次元ではなかった。（中略）

老いに老いた今まで、何十回赤富士を見たか、数えることもできない程見たが、一点の絵も画かず、一枚の写真も、撮ったことがない。童謡に『絵にも描けない美しさ』というのがあるが、あれはシンジツだと思う。――

（『うえの』２００９年10月より）

リトグラフ一点一点に手彩を加えた独自のリトグラフを制作するようになる。その後、同氏とはフィラデルフィア美術館で再会を果たす。

ニューヨークの著名な写真家で映像作家のハンス・ネイマスがニューヨー

彼女の心を最初に惹いたのは、写真のなかにあった富士山の姿でした。それは、長兄・覚太郎が会社の社員旅行で富士五湖に出かけ、暗箱の重い写真機で撮影してきたものでした。富士五湖は、戦前、外国人が自分たちの避暑地として見つけた場所。富士山を目にしたかった彼女は、富士ニューグランドホテルが山中湖畔に開業して間もないことを知り、妹・秀子と夏休みに遊びに出かけます。

「なにがなんでも行きたくて行った。そのときのことは今でもはっきり憶えていますよ。一日に一回か二回の馬車の時刻に合わせて御殿場駅で下りて、そこからは馬車で籠坂《かごさか》峠を上がり下がりしながら、ぐるぐる回って到着した。草葺き屋根の木造の三階建て、スイス風の素敵な建物でした。夏の避暑地として外国人が過ごしていて、日本は日独伊三国同盟を締結していたから、英米の人はいない。イタリア人かドイツ人の外

クのスタジオで撮影した写真。ハンス・ネイマスはジャクソン・ポロックを一躍有名にした写真と映像で知られ、ほかにもウィレム・デ・クーニング、マーク・ロスコ、フランク・ロイド・ライト、ジョン・ケージ、アンディ・ウォーホールなど、数多くの著名アーティストと建築物を撮り下ろしている。

――一九六三年　五十歳
富士山麓の忍野村に土地を購入し、三月二八日の誕生日に建前を行う。茅葺屋根の家を建てた後に保安林だったことがわかり、のちに、現在の山中湖村の高台に古い梁など一部を移築する。

交官家族ら。あとは浅草のオペラ歌手、政界のフィクサーと言われているような日本人もいた。グランドピアノが置かれていて、午後には手製の焼き菓子などが振る舞われた。翌日、早朝に起きたら、目の前に大きく真っ赤な山が現れて、びっくりしたの。山中湖畔のカラマツは今でこそ立派な大木ですけど、宝永の大噴火で全焼した名残で、まだ小さかったですよ」

その後、再び、富士ニューグランドホテルへ足を運ぶようになったのは、アメリカから帰国してからです。縁あって、忍野村《おしのむら》の土地も購入し、茅葺き屋根の家を建てます。

「何しろ富士山は美しいし、夏は涼しい。これはいいと思ったら、多少無理をしてでも、何をしてでも、私はそれをやっちゃうんですよ。お金もないのに土地を買っちゃうんですよ。借金ができれば、借りて買っちゃおうと。返すのは大変でしたよ。お金ができてからではもう遅い。

来日したベティ・パーソンズ女史、岡田謙三夫妻と。

——一九六五年　五十二歳
ニューヨークのベティ・パーソンズ・ギャラリーで最初の個展を開く。以降、一九六八

思い切ってやっちゃった」

そして、五十歳の誕生日に、神主に建前のお祓いをしてもらいます。

ところが、山荘を建てた後で、その土地は保安林だったにもかかわらず、村が気づかずに売っていたことがわかります。古い梁《はり》など一部を移築して、現在の山中湖村の高台に移り住みます。目の前には富士山がそびえ、眼下には一面の樹海が広がっています。大自然のなかから、鹿の家族がひょっこり姿を現して、目と鼻の先で横切っていく場面にも遭遇します。

「桃紅などに、こんないい場所を与えてもったいないと神様が思っているかも。そばで毎日のように富士を眺めていると、どうしてこんなに美しい山を自然はつくるんだろうと、本当に不思議な気がしますね。赤富士になる前の、しらじらと夜が明けるか明けないかというときの、なんともいいようのない色。この世のものではないですよ。太陽が昇るにつ

年、一九七一年、一九七七年に開催し、ベティ・パーソンズ女史が死去するまでギャラリーに所属する。

——一九七一年　五十八歳
港区南青山にアトリエ兼住居を構える。友人で麻布の西町インターナショナルスクールの創立者・松方種子から、松方家の敷地にマンションを建てることを知り、入居する。最上階は松方家が所有し、松方種子の姉夫妻、元駐日米国大使のエドウィン・O・ライシャワーと松方ハルが住んでいたこともある。

れ赤く染まって、一刻一刻変わっていくの。夜、月の光に照らし出される真っ白な富士も、神々しくて、言葉にならない。ある夜中に起きて、雪が降っているなか、雪煙が富士の中腹からさっと天に舞い上がるさまを見たときは、もう私はびっくり。この世にこういう凄い景色があるのかと。富士が三段に色が分けられて染まっているのも見たことがあります。あれは忍野村にいたときの夕方で、上はきれいな朱色、その次は紫、下が緑。三色の富士はそのときが最初で最後。そのあとは全然出ない。あるいは出ているかもしれないけど、出合ったことはない。富士には毎回、驚きがあることと、いつ見ても美しいんです。飽きないですよ」

　岡田謙三夫妻が山荘に泊まりにきたときに、「富士という山にはないものがない。あらゆる色、あらゆる線、あらゆるかたち、すべてある。富士には一切がある」という言葉を残します。

ベティ・パーソンズ・ギャラリーで開催した個展で、エドウィン・O・ライシャワー、ハル夫妻と。

「確かにそうなのよ。何もないものはないんです。色もかたちも、質感も、光も闇も、冷たさも熱さも一切ある。詩人の草野心平さん（明治三六〜昭和六三年）と話をしたときに、『ねえ、桃紅さん、富士が美しいのは、底に火があって、てっぺんに雪がある。その両極があるっていうことが富士を丈高くしている。ああいう美しいものはこの世にない』と言った。やっぱり詩人の洞察力というのはすごいなと思いましたね。両極が含まれているということは、一切がそこにあるということよ。単純に美しいとか、美しくないとか、そういう次元にはない。人の心では理解が届かないものがある。あまり数のない不思議な美しさとか面白さを持っているものに出合うと、この世ではないものを心が夢見ることができるのよ。そういうところへ誘ってくれるものなのよ」

同じような魅力は墨にもあると彼女は言います。

「中国の老子がすでに言っています。墨には明るさも暗さも、強さも弱

――一九七九年　六十六歳

初の随筆集『墨いろ』刊行。翌年、第27回日本エッセイスト・クラブ賞受賞。アートの賞ではないことから、ありがたく受賞する。その後、現在に至るまで十数冊のエッセイ集および作品集を刊行。数多くの文芸、豪華本などの題字も手がける。

二〇一五年の『一〇三歳になってわかったこと』が年間ベストセラーになる。

さも、一切がある。始まりの色で終わりの色であると。墨も、火と水を含んでいるのよ。松の根を燃やして、煤を溜めてつくり、水で生かす。古代の人は自然から学んでつくり出したのでしょうね」

――自然というものは、人と人、古代と今、を一瞬、結びつけ、それは夢でもなく、また現実というほど、はっきりしたものでもないが、実にシンジツな、千古の時代を貫く、ヒトノオモイ、ということのあることを教えてくれる。――

（『うえの』２０１３年10月号）

――大きなかたちの前で、私が、私自身がだんだん小さなものになっていくのを感じる。自然界の中のひとりということがわかるのだ。小さく、しかもアリアリと。――

（『うえの』２００１年10月号より）

篠田桃紅による書。

人はみな天下に一人しかいない

万葉の時代から歌い継がれている富士は、「不二」、「不尽」、「不死」と表現されています。富士は二つとない、『不二』という字を当てるのが相応しいと彼女は感じています。

「どこの国の山も、アルプス、ヒマラヤなど連山で、富士のように単山、孤独な山はないんです。世界中、唯一の単山であることが、富士を富士たらしめている。一つしかない。二つとはない。私はやっぱり富士というのは『不二』だなあと思いますね。人も同じです。長く生きてきて、いろんな人に出会ったけど、一人として同じ人はいない。みんな違う。究極、人も孤独。最後は一人だなと」

女学校時代に、彼女はクラスのみんなで一緒に何かをしていても、一人一人全部が違う。同じ能力を持つ子は一人もいない。同じ考えを持つ子も一人もいない。同じ境遇の子も一人もいない。みんな違う。それは

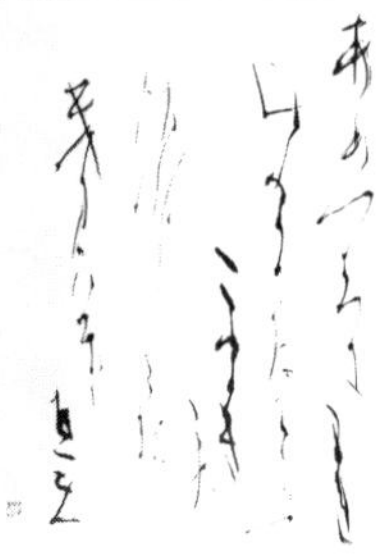

會津八一の「天地に我一人居て〜」は篠田桃紅が好きな歌の一つで、依頼を受けて書くこともあった。（書の写真二点提供＝岩関禎子）

孤独といえば孤独。なんだって一人で最後は決めていかなければどうにもならないんだ、ということを意識しました。

「歌人の會津八一さんが詠んだ歌にもありますね。『天地《あめつち》に我一人居て立つごとき、この寂しさを君は微笑む』。天と地の間で一人立っている。その孤独感、寂しさを観音様が微笑んで受け止めてくれたように感じたと。それぞれの人っていうのは、天下に一人しかいない。いくら家族や友人がいようが、その人は一人しかいない。だから、その人にしかない生きかたをしなくてはいけないんですよ、本当は。

自由っていうものは寂しいものなの。不自由というのは、いろんなものに囲まれて、守られているし、安定もする。でもほんとうの自由を求める人は、寂しく、孤独で不安であっても、自由というものを持っていることで満たされているんです」

東京の仕事場の奥にある客間。
（写真提供＝梶原敏英）

人間の歴史を思う

「この世に生を受けて、幼少期から現代まで、私の場合は一世紀ある。人間の歴史は、毎日毎日の積み重ねと、外部からの、天災、戦争など人間個人ではどうすることもできないもの、それもガラリと変わるものでつくられているんだなと思いますね。外界というもののなかで、人間が個人として、どうやって身を処してきたかということを考えると、運というものも大きいけど、個人の考え方も非常に作用していて、いろいろな状況のなかで駆けずり回ったり、這うようにしたり、また、ただ普通に歩いたり、そういうふうにしてつくられるのが一生だなと思いますね。

私は十歳のときに関東大震災に遭って、青春期は戦争で逃げ惑い、戦争などは人間が起こしているものだけど、個人ではどうすることもできず、そして死病と恐れられた肺結核に感染した。我が身が起こしたことというより、外部から押し寄せてくることに、どうにかして生きてき

筆の洗い場。
（写真提供＝Alexander Gelman）

た。個人として生きていくためには、自分で何かを持たなければならない。やれることをやって生きてきた。

人々がみな、無欲な生き方をすれば、地球の上はもっといいところになるだろうという説はこれまでありましたね。欲望というものを、みなが抑制して、食は飢えぬほど、衣は暑さ寒さに耐えられればいいと。欲望というものは果てがないから。きりがないから。何でも、これでいいと満ち足りる気持ちをある程度を持てば、平和でのどかな地球になりえるだろうと。人の知恵がそこまで行けばいいと。だけど、人は何かを得れば、その先のものを得たいと、永遠に欲が止まらないからしようがない。

何が人間の幸福なのか。大昔から人は考え続け、文学や哲学、宗教などが追求し続けてきたけど、いまだにこれだという決め手がないわけですよね。ただ、あまりに欲望を満たそうとすると、周りが非常に困る

仕事場にて。

し、最後は自分自身も欲望の虜《とりこ》になってしまう。何でもほどほどに、と非常に曖昧な考え方になっている。はっきりしたことは誰も言えないんですね。

食は飢えぬほど、というのは非常に立派な考え方かもしれませんね。家も雨が漏らぬ程度。立派なものを建てようとするから、欲望は限りなくなる。欲望が少しでも満たされると、そこに人は生きがいがあると思ってしまう。生きている以上、そうした欲望の虜になって暮らしてもしようがない、それが現代人の普通の暮らしになっている。欲望というものと、どういうふうにしてうまく付き合っていくか。人間の歴史への問いかもしれませんね」

ことば篇　六

あらゆることをして悟る

人間はなんてちっぽけなものだろうと思いますよ。この風ひとつ止めることも、吹かすこともできないんですよ。だけど風は吹くんです。

無意識にやっていたことは、生きている人間の一番自然なかたちかもわからない。

富士山などに雪が降っているのを見ると、絵なんていうものは、吹き飛ぶような存在ですよ。あの大自然の美しさを前にして。

自然を絵で伝えようなんて、そんな大それた望みは持ちません。無理に決まっているんだから。

完璧なものを人間がつくり得るとは思っていない。あとは天地自然に任せる以外にない、そういうものですよ。

絵というのはつくるものじゃなくてできるものなの。できてみて初めて、ああこういう作品ができたって思うの。

自分はもっといいものが描けるはずだと思っている。
だからできたものが気に入らない。自分を買いかぶって
いるんですよ。

芸術というのは一人でやっている分にはいいけど、それを展覧会とかに発表して、たくさんの人を呼んで見せるというのは、はた迷惑な、傲岸不遜な行為と言われれば本当にそうよ。

衣食住は生きていくのに必要だけど、芸術なんていうのは全部無駄なことですよ。しかしまあ、人間というのは何でこんなにどうでもいいことを一生懸命やるんでしょうね。ほんとうに不思議な気がするわね。

できないことに挑もうとするのも人間だし、それは無理だとわかるのも人間。両極のあいだで右往左往して生きている。芸術は、その右往左往しているあいだにできた産物ですよね。

スポーツで「〇〇戦」と言うでしょ。あれぐらい傑作な人類の言葉はないわよ。「〇〇試合」って言えばいいのに、「戦い」と言って、人々の争いたい気持ちをいなしているのよ。

戦うってことをスポーツに置き換えた人間は本当に頭がいい。人々が戦うことを楽しんでくれるんだから。誰も死なないし、みんな楽しんで観ている。

ルノアールの絵とゴッホの絵、どっちがいいかと言われたらどっちにします？　ルノアールとゴッホ、戦争になりませんよ。ルノアールはルノアールでいいんですよ。ゴッホはゴッホでいい。戦いませんよ。

誰かの絵を負かして自分が一番になろうなんて、そんなんじゃないんですよ。どっちが勝ったなんて決められない。それがアートですよ。

誰の絵に勝ったのでもないし、誰の絵に負けたのでもない。競争しているわけではない。私は私の絵。ただそれだけ。

アートなんていうものは賞の対象にならない。セザンヌはなんの賞も受けていませんよ。モナリザを描いた人にどういう賞をあげるの？　芸術に賞はつくりようがないんですよ。賞は毒にも薬にもならない。だから私は辞退してきたんです。

絵というものは、現実を写すのではなく、現実が持っているいる夢や、怒りや悲しみのようなものを現実のなかから引き出して、それを別のかたちに置き換えたものです。

寂しいという心のかたちは、目に見えるかたちにすることが難しい。私が描いた線から、むしろ喜びを感じるかもしれない。見る人の心次第でどう見てもいい。

造形美術というのは、言葉を入れたら邪道なんですよ。かたち、色で語っているんですよ。言葉を添えるなんて野暮ですね。大野暮ですよ。解説も題名もほんとうは要らないくらいね。あとはご想像におまかせします、というのが相手を尊敬し、相手を認めたやりかたです。ごたごた書いているのはこれっくらい野暮天はないですよ。

こういうのを描いたら人はどう言うだろうなんてことは一切思わない。長く続けられたのは、相手を意識しないことだったと思う。相手に合わせていると、とてもじゃないけど、合わせきれるものじゃないです。

誰より劣っているとも思わないし、優れているとも思わない。ただ私のつくったものを好いてくれる人がいるから生きているだけ。

歳を取って、だんだんと腕力で引く線の力は薄らいで、
線に込める心の部分が出てきている。

若いときの作品と老いてからの作品。どっちがいいかなんて誰にもわからない。長く生きてこういう作品を描いた人がいるということですよね。作品はその証拠物件のようなもの。作品の価値とか、何が本物とか、誰にもわかりませんよ。

できるはずだと思い上がるから、行き詰まるんです。やってもやってもまだまだなんの表現もできていないから、行き詰まるなんてことは絶対にない。行き詰まるはずがない。永遠にやったって、できないに決まっていることをやっているんだから。

限られた道具で世の森羅万象を描くなんてことは不可能よ。なまじ色で具体的に表現するより、墨の濃淡だけで想像させるほうがよっぽどいい。人々の想像力のほうがずっと優れている。

墨絵はお利口。人の想像力を頼りにしているんだから。「これはこういう色ですよ」と何も押しつけない。自然の美しさを知ったとき、私は墨というものの知恵の深さを深く感じ取りましたね。

墨には五彩あると昔から言いますね。それは五という数の表現ではなく、あらゆる色を含んでいるという意味でしょうね。

墨をもって「玄」を表しうる、と老子は言った。
天地玄黄《てんちげんこう》、「玄」は万物のもとです。

「玄」という色は黒と言いながら、真っ黒ではないんです。

どこかに一点、ほんの明るさを残している。

墨はいくら濃くしても真の闇にはならない。明るさを残している。何かやり残しているところがあるから、人類は生きていられるんですよ。

余白の白は、墨に対立するということがない。
ただ無為の深まりを示すばかり。

人は何も持たないで生まれてきて、そしてまた何も持たないで生涯を終える。その何もない究極の孤独とかなしみのなかでしか生まれないものがあると思う。

真実というものは、人が捉え得ると思った瞬間に真実ではなくなっているわね。

見えたと思うけどそれは一種の幻で、幻影ですぐ消えちゃう。機能を持った目が果たし得ないものを、心の眼が見ようとする。「心眼」という言葉は昔からある。

私が描いたものより、何も描いていない状態が一番いい。長く生きて、あらゆることをした上で悟った。何もしない状態が一番いいと悟るために人間はあらゆることをする。

あらゆることが矛盾に満ちている。生まれてから人はあらゆることをしないと、「無為」が「徳の至れり」だと悟れない。そういうふうにできている。

あとがき

昔の人って、どうしてこんなに妙を得た形容をしたのでしょう。「世《よ》迷《ま》い言《ごと》」。結局、人間は一生迷っているんです。だから文学や哲学などを書く。この世に迷って書いている。誰もはっきりとした道を見据えて、歩いているわけじゃないのよ。迷って歩いている。文学や哲学を読んだって、人生がわかったわけでもなんでもない。ますますわからなくなっている。ああこんなふうに迷っている人もいるんだ。私はまだ迷い方が足りないくらいだなんて思っちゃう。

文化っていうものは、昨日のものはもう古いというくらい、どんどん変わっていくものは変わる。そうかと思うと、千年来変わらないものもある。ほんとうに難しい。価値観というものをしっかり持って、自分で判断しないと、ただ右往左往させられてしまうだけ。古くても新しくても、そんなの関係ない。いいものはいいと判断を下せる自信があればいいけど、あっちへふらふら、こっちへふらふら。つまり生きている以上、右往左往したり、迷ったり、何を信じたらいいかわからないけど、まあまあこのへんだろうというところでやっている。何がいいかわからない、迷いの文化なのね。

私の言葉にしたってそうよ。この世の風に吹かれて、あっちへ行ったり、こっちへ行ったり。まぎれもない「世迷い言」です。

［作品を収蔵する主な美術館］

アート・インスティテュート・オブ・シカゴ
イエール大学付属アートギャラリー（コネチカット）
オルブライト＝ノックス美術館（ニューヨーク）
菊池寛実記念 智美術館（東京）
岐阜県美術館
グッゲンハイム美術館（ニューヨーク）
クレラー・ミュラー美術館（オッテルロー）
シンガポール国立美術館
シンシナティ美術館
スミス大学付属美術館（マサチューセッツ）
スミソニアン博物館アーサー・M・サックラー・ギャラリー（ワシントンD.C.）
大英博物館
ティコティン日本美術館（イスラエル、ハイファ）
デン・ハーグ市美術館（オランダ）
ドイツ国立博物館東洋美術館（ベルリン）
東京国立近代美術館
富山県立近代美術館
新潟市美術館
フォッグ美術館（ハーバード大学付属・マサチューセッツ）
フォルクヴァンク美術館（エッセン）
ブルックリン美術館（ニューヨーク）
ボストン美術館
北海道立函館美術館
メトロポリタン美術館（ニューヨーク）

［作品を収蔵する主な施設］

アメリカ議会図書館（ワシントンD.C.）
アメリカン・クラブ（東京）
川崎市国際交流センター
岐阜県会館
京都迎賓館
京都大学福井謙一記念研究センター
宮内庁
公益財団法人岐阜現代美術財団
皇室専用の新型車両（お召し列車）
国際交流基金（東京）
国際協力機構大阪国際センター
国立代々木競技場貴賓室（一九六四年竣工）
国立京都国際会館
篠田桃紅作品館（新潟市）
増上寺本堂（東京）
駐仏日本大使館（パリ）
駐米日本大使公邸（ワシントンD.C.）
日南文化センター（宮崎県）
鍋屋バイテック会社（岐阜）
日本外国特派員協会（東京）
日本銀行（東京）
沼津市庁舎
フォード財団（ニューヨーク）
ポートランド日本庭園（米国、オレゴン州）
ルクセンブルク王室（東京）
ロックフェラー財団（ニューヨーク）
ローマ日本文化会館

ほか多くの企業、ホテルなどに収蔵されている。

これでおしまい

二〇二一年三月二八日　第一刷発行
二〇二一年七月二一日　第八刷発行

著者　篠田《しのだ》桃紅《とうこう》

発行者　鈴木章一
発行所　株式会社　講談社
東京都文京区音羽二丁目一二－二一　郵便番号一一二－八〇〇一
電話　編集〇三－五三九五－三五二二　販売〇三－五三九五－四四一五　業務〇三－五三九五－三六一五
印刷所　株式会社新藤慶昌堂
製本所　大口製本印刷株式会社

定価はカバーに表示してあります。

落丁本・乱丁本は購入書店名を明記のうえ、小社業務あてにお送りください。送料小社負担にてお取り替えいたします。

なお、この本の内容についてのお問い合わせは、第一事業局企画部あてにお願いいたします。


ISBN978-4-06-517717-4